SERMON

DU R. P. F. LACORDAIRE,

DE L'ORDRE DES FRÈRES PRÊCHEURS,

PRONONCÉ

A NOTRE-DAME DE PARIS

LE DIMANCHE DE LA SEXAGÉSIME, 14 FÉVRIER 1841.

PARIS,

AU BUREAU DE L'UNIVERS,

RUE DU VIEUX-COLOMBIER, 29, PRÈS LA CROIX-ROUGE,

ET CHEZ DEBÉCOURT, LIBRAIRE,

Rue des Saints-Pères, 69.

1841.

SERMON

DU R. P. F. LACORDAIRE

A NOTRE-DAME.

Le P. Lacordaire a prêché hier dimanche, à Notre-Dame. Dès sept heures du matin, une foule de jeunes gens se pressaient autour de la chaire pour être sûrs de mieux entendre le célèbre prédicateur. A dix heures il n'y avait plus de place dans la grande nef, à onze heures les nefs latérales et jusqu'aux chapelles à droite et à gauche étaient remplies, et à midi et demi, lorsque Mgr l'archevêque de Paris est arrivé, il a trouvé rassemblés à ses pieds dix à douze mille personnes de tout âge, de tout sexe, de toute condition. On remarquait au banc d'œuvre, après Mgr l'évêque de Meaux et Mgr l'internonce apostolique, plusieurs de nos grands prédicateurs, M. de Ravignan, M. Combalot, M. Dupanloup, M. de Guerry; les RR. PP. jésuites, des membres de toutes les communautés, etc., et à côté d'eux, M. le ministre de la justice et des cultes, des ambassadeurs, des pairs, des députés; on a cru voir dans l'auditoire MM. de Châteaubriand, Guizot et plusieurs autres de nos illustrations littéraires. Le prédicateur s'est enfin levé, revêtu de ce pauvre et magnifique habit que, selon la tradition, la Mère de Dieu donna elle-même à saint Dominique, et pendant une heure et demie la parole du Frère Prêcheur a tenu captive et religieusement recueillie, bien que frémissante d'émotion, cette foule immense.

Nous n'essaierons pas de reproduire ce sermon; tout entier à ce qu'il nous était donné de voir et d'entendre, nous n'avons pu ni sténographier, ni prendre des notes; voici simplement ce que notre mémoire a retenu, c'est-à-dire le plan et comme le squelette du discours. Ceux qui ont entendu le P. Lacordaire, et qui savent tout ce qu'il y a dans son geste, dans son regard, dans son accent, dans ces expressions d'élite que lui seul peut trouver, comprendront aisément combien insuffisante, incomplète et même parfois inexacte est notre analyse. Il ne serait donc pas juste de faire peser sur l'Orateur la responsabilité de tout ce que nous allons dire, pas plus qu'il ne faudrait nous l'imputer rigoureusement à nous-mêmes ; au milieu des efforts de la mémoire la spontanéité disparaît alors même que la fidélité n'est pas atteinte.

« *Honora patrem tuum et matrem tuam ut longo vivas tempore* (Deut. 5, 16). Honore ton père et ta mère afin de vivre longuement. » Ces paroles s'appliquent aux nations comme aux individus ; tout peuple qui veut vivre longuement doit honorer ses ancêtres et garder avec fidélité le dépôt des traditions de vérité, d'honneur et de justice qu'ils lui ont laissées ; nos pères c'est notre patrie : aimons, honorons nos pères, aimons, honorons notre patrie. C'est Dieu qui a fait les peuples, c'est Dieu qui les dispersa sur la face de la terre, l'Écriture nous l'apprend, et qui donna à chacun sa part du monde. Mais en même temps que Dieu divisait ainsi les nations, leur assignant leurs limites et leurs frontières, en même temps Dieu élevait au milieu d'elles une société universelle et éternelle, une société qui ne reconnaît ni frontières, ni limites, qui s'étend dans tout l'univers, une société sans bornes et sans fin, la société catholique. *Suscipient regnum sancti Dei Altissimi et obtinebunt regnum usque in sæculum et sæculum sæculorum* (Daniel. 6, 18).

« Ainsi : nous appartenons tous à deux cités, nous sommes soumis à deux puissances, nous avons deux patries : la cité éternelle et la cité terrestre, la puissance spirituelle et la puissance temporelle ; la patrie à laquelle nous appartenons par la chair et le sang ; la patrie à laquelle nous appartenons par la Foi ; la patrie qui nous distingue et nous sépare des autres peuples, la patrie dans laquelle toutes les autres s'embrassent et se confondent.

« Et ces deux patries ne sont pas ennemies ; bien loin de là : elles s'aiment comme l'âme et le corps s'aiment ; elles sont unies comme l'âme et le corps sont unis ; et de même que l'âme aime le corps, bien que le corps se révolte souvent contre elle, de même la patrie spirituelle, l'Église aime la patrie temporelle et prend soin de sa conservation, bien que quelquefois celle-ci ne réponde pas parfaitement à son amour. Mais lorsque la patrie temporelle est profondément dévouée à l'Eglise et travaille à sa gloire, alors l'amour de l'Eglise et l'amour de l patrie semblent n'avoir qu'un même but, et le premier purifie, élève, sanctifie le second ; il y a donc un patriotisme saint, un patriotisme consacré par la Foi, un patriotisme surnaturel. C'est ce que je vais essayer de vous faire comprendre, après avoir invoqué l'intercession de la sainte Vierge, patronne de cette Eglise, patronne de mon Ordre, ma patronne à moi aussi.

« Il y a long-temps, Messieurs, que Dieu a disposé des nations : Dieu a dit à son Fils : Tu es mon fils, je t'ai engendré aujourd'hui, demande et je te donnerai les nations pour ton héritage : *Ego hodie genui te. Dabo tibi gentes hæreditatem tuam* (Ps. 2, 7). Ainsi, au moment même où Dieu le Père engendrait son Fils, moment qui durait depuis l'éternité, moment qui durera toujours, à ce moment il lui donne les nations ; il lui donne à la fois la filiation et l'héritage, et pour le dire en passant, c'est dans ces

plis et replis de la paternité et de l'hérédité divines que se
cache la source de la paternité et de l'hérédité humaines,
lois mystérieuses qui, venant de si haut, ne sauraient être
abolies, et subsisteront toujours quoi qu'on fasse.

« Voilà donc un patrimoine que Dieu a donné à son
Fils; ce patrimoine, qu'en veut-il faire?

« De même qu'un bon maître donne à son patrimoine,
le cultive, le féconde pour qu'il lui rapporte, de même
Jésus-Christ a donné aux nations avant de rien réclamer
d'elles. Et voici les dons qu'il leur a faits.

« 1° La séparation du pouvoir spirituel et du pouvoir
temporel. — Jésus-Christ aurait pu les retenir tous deux
et gouverner directement par lui-même ou par ses minis-
tres les sociétés humaines, il ne l'a pas voulu; il a permis aux nations de se donner des chefs, de se gouverner
chacune elle-même par ses propres lois, par ses magis-
trats, et de même que, selon l'expression de l'Ecriture,
Dieu avait traité l'homme avec respect en lui donnant la
liberté morale; de même il a traité les nations avec respect, en leur donnant la véritable et légitime liberté poli-
tique. Il leur a dit : Allez, mes fils et mes filles, vous
êtes dans la main de votre conseil; allez : nous verrons.
Et, ce don de Dieu, cette séparation des deux puissances
renferme encore un autre bienfait, car il consacre à jamais la véritable liberté religieuse, en affranchissant la
conscience du joug des gouvernemens humains, pour ne
lui demander, en matière de religion, d'autre soumission,
que la soumission volontaire à la hiérarchie spirituelle.

« 2° Le second bienfait accordé par Jésus-Christ à son
héritage a été une modification dans la nature même du
pouvoir. Un jour, les apôtres étant assemblés autour du
Sauveur, Notre-Seigneur leur adressa ces belles et ai-

mables paroles : Ceux qui règnent parmi les nations dominent sur elles; il n'en sera pas ainsi parmi vous; mais si quelqu'un veut être le plus grand entre vous, qu'il soit votre ministre. A dater de ce moment, les chefs des peuples se sont glorifiés de les servir, et le dépositaire de la plus haute royauté qui soit dans le monde, la royauté spirituelle, s'appelle le *serviteur des serviteurs de Dieu*. Jésus-Christ a donc ôté au pouvoir le caractère de domination pour l'élever à l'état de service public.

« 5° Jésus-Christ a consacré la dignité humaine : de là l'abolition de l'esclavage dans tout le monde chrétien ; de là ce sentiment de fraternité qui nous fait reconnaître un frère, un autre nous-même dans tout homme si pauvre, si misérable, si dénué que nous le trouvions, quelle que soit sa condition ici-bas. Il n'y a plus, dit saint Paul, ni libres ni esclaves, mais vous êtes une seule chose dans le Christ-Jésus.

« 4° A cette fraternité entre tous les enfans d'Adam, Jésus-Christ a ajouté la fraternité entre les nations. Il n'y a plus de ces rivalités barbares qui poussaient les peuples les uns contre les autres; il n'y a plus ni juifs, ni gentils, dit encore saint Paul; l'Eglise a dit aux nations : Vous êtes sœurs ; le mot *hostis* a perdu sa signification.

« Voilà la charte, la grande charte, la charte éternelle, que Jésus-Christ a donnée aux nations en prenant possession de son héritage. On n'ira jamais plus loin; on pourra essayer de nier ces principes et de les combattre; on pourra essayer de les fausser, d'en tirer des conséquences qu'ils ne contiennent pas: mais on aura beau faire, la haine se fatiguera, les passions s'useront, et bon gré, mal gré, l'on reviendra toujours à ces quatre grandes bases posées par Dieu même, comme le fondement des sociétés humaines.

« Mais après avoir donné aux nations des bénéfices, Jésus-Christ leur a imposé des charges ; il leur a demandé des services, conditions rigoureuses du contrat qu'il voulut passer avec elles. Et d'abord, il faut qu'une nation accepte la loi que Dieu propose à son libre arbitre ; il faut qu'elle la conserve, qu'elle l'aime, qu'elle la défende ; il faut, en un mot, qu'une nation connaisse, aime et serve Dieu, et qu'elle le serve comme une nation doit servir, de tout son cœur, de tout son esprit, de toute son âme, de toutes ses forces, non seulement par sa foi et par ses mœurs, mais encore par ses lois, par son action et sa puissance dans le monde, par tout ce qu'elle a en tant que nation, et par conséquent même par ses armes ; par ses armes, non afin de propager la vérité, ce n'est pas ainsi que la vérité se propage, mais afin de défendre sa liberté contre les attaques de ses ennemis. Un peuple c'est un apôtre ; un peuple c'est un martyr. La vocation d'un peuple n'est pas d'ajouter des frontières à des frontières, des vallées à des vallées, des montagnes à des montagnes. Tout cela fut la gloire des peuples païens, du peuple romain, le plus grand de tous ; mais tout cela qu'est-ce ? des larmes et du sang. Pitié ! Cela était bon pour des bêtes que le Christianisme n'avait pas encore touchées de son doigt. Mais répandre la vérité, éclairer les peuples, leur porter au prix du travail, du danger, de la mort, les véritables biens, la vérité, la justice, la civilisation ; à cette pensée, mes entrailles d'homme s'émeuvent. Je comprends cela, et vous le comprenez aussi, Messieurs, qui de vous ici me contredirait ? car le Christianisme vous a vaincus ; il a mis ces

sentimens dans votre cœur, ces idées dans votre intelligence ; il vous a vaincus, incroyans que vous êtes ; il vous
force à dire la vérité.

« Telle est donc la vocation des peuples, telles sont les
charges que Jésus-Christ leur a imposées en échange des
bénéfices qu'il leur donne. Mais, chose singulière ! les nations n'ont pas voulu de ce contrat. Long-temps il de-
meura sans exécution, et, à l'époque d'Abraham, il ne
s'était pas encore rencontré un peuple qui essayât d'en
remplir les conditions. Dieu s'en choisit un ; il le forma
lui-même : il annonça à Abraham, le père des croyans,
que toutes les nations seraient bénies en lui, et après
avoir tiré sa race de la terre d'Egypte, il lui donna ses
lois, ses guides, ses prophètes, ses rois. Et cependant ce
peuple fut infidèle à sa vocation ; il lapida les prophètes
du Seigneur, et quand la Vérité vivante apparut sur la
terre, il tua la Vérité.

« Ainsi, le peuple juif, le peuple choisi a manqué cet
honneur suprême d'être la première des nations consa-
crée, en tant que nation, à la défense, à la conservation,
à la propagation de la vérité. Ainsi, quatre mille ans après
la création, il n'y avait pas encore de peuple qui eût
accepté le contrat divin proposé aux nations, le contrat
entre le Fils de Dieu et son héritage.

« Cependant le Christianisme se répand dans le monde,
il envahit l'empire romain ; trois siècles de persécution
ne font qu'accroître sa force, le sang des martyrs enfante
partout des chrétiens, et, sous Constantin, il triomphe,
il règne. Toutefois et quels qu'aient pu être alors les
hommages rendus par l'empire au Christianisme, sa victoire n'était pas complète. La législation, l'histoire de ce
temps, tout prouve que les vieilles erreurs du paganisme

n'étaient pas encore entièrement déracinées ; les empereurs chrétiens avaient pour elles des ménagemens infinis, elles n'étaient pas tout-à-fait mortes. Ce qui l'atteste, c'est la rapidité avec laquelle se propagea l'Arianisme. Arius niait la divinité du Sauveur ; comment une erreur aussi monstrueuse eût-elle eu tant de succès si le monde païen eût été déjà complètement transformé par le Christianisme ; par le Christianisme, qui n'est qu'une rêverie philosophique si Jésus-Christ n'est qu'un homme ! Alors donc, trois cents ans après Jésus-Christ, bien loin que l'empire romain formât ce qu'on peut appeler un corps de nation chrétienne, il semblait que le Christianisme allait disparaître ; le monde, dit un Père, s'étonna d'être arien.

« Alors, écoutez ce que Dieu fit : Un jour, non loin des bords du Rhin, un chef barbare livrait bataille à d'autres barbares, ses troupes plient, et tout-à-coup il se souvient que sa femme adore un Dieu dont elle lui a vanté la puissance. Il invoque ce Dieu, il invoque le Christ, le Roi des rois, le Dieu des armées, et la victoire est à lui, et après la victoire, fidèle à sa promesse, il court se prosterner devant l'évêque ministre du Dieu de Clotilde : Doux Sicambre, lui dit saint Remi, adore ce que tu as brûlé, et brûle ce que tu as adoré. Et Clovis reçoit le baptême avec ses guerriers. Ce roi, cette reine, cet évêque, ces soldats, qu'est-ce donc ? c'est nous, c'est la nation française. Oui, nous étions tous là dans notre aïeul Clovis. Notre aïeul ! que ce mot ne vous étonne point, ne sommes-nous pas tous les frères, les cousins des rois ? Dans l'antiquité, les princes n'avaient de cousins que par le rang ou par la parenté ; mais le Christianisme nous a faits tous une seule chose en Jésus-Christ,

il nous a tous confondus dans une même et sublime solidarité; les rois ne sont plus nos maîtres, ils sont nos
frères, nos cousins : en me servant de ces expressions je
les honore.

« Une nation catholique, la nation française, était
donc. Et ce n'est pas moi qui donne cette louange magnifique à ma patrie, c'est le pontificat lui-même. De même
que Dieu a dit à son Fils de toute éternité : Tu es mon
premier né, de même la Papauté a dit, dans le temps, à
la nation française : Tu es ma fille aînée. Et ce titre
n'est pas un vain mot; ce que je dis est donc vrai, théo-
logiquement, canoniquement. Il y a plus : afin d'exprimer
plus énergiquement ce qu'il pensait de la France, le
pontificat inventa un barbarisme sublime, il l'appela
christianissimum regnum. Ainsi : primogéniture dans
la foi, excellence dans la foi, voilà nos titres. Et nous
pouvons le dire sans orgueil; le soldat qui est à l'avant-
garde, peut dire sans orgueil : Je suis à l'avant-garde,
surtout quand l'avant-garde c'est le péril; c'est la
mort.

« Voilà donc quelle était la vocation de la France. Mais
il ne suffit pas d'être appelé, il faut répondre à sa vocation. Qu'a fait notre patrie?

« L'Église a couru trois périls suprêmes : l'Arianisme,
le Mahométisme, le Protestantisme; Arius, Mahomet,
Luther, les trois grands hommes de l'erreur, si toutefois
un homme peut être appelé grand lorsqu'il se trompe
contre Dieu.

« L'Arianisme mit en question le fond même du Christianisme, car il niait la vérité de Jésus-Christ; et la divinité
du Sauveur, c'est tout le mystère du Christianisme, un
mystère d'amour. Et, en effet, si l'Arianisme dit vrai,

Jésus-Christ n'est plus qu'un grand homme, un grand homme qui a eu des idées, et qui est mort pour ses idées. Or, cela s'est vu, et pour l'honneur de l'humanité, cela se verra encore. L'Arianisme abaissait donc Jésus-Christ au rang de Socrate ; il réduisait le Christianisme à l'impuissance du Platonisme ; et cette hérésie gagna pourtant ; elle mit l'Église à deux doigts de sa perte, si toutefois il est permis d'user de pareilles expressions, de ne juger que d'après la superficie des choses, d'oublier que le Christianisme a en soi une puissance infinie de dilatation, et qu'il la conserve toujours, alors même que les yeux infirmes de l'homme le croient anéanti, comme si dans l'invisible unité d'un point mathématique ne pouvaient pas tenir des mondes.

« Mourir quand on est homme, mourir pour ses idées, cela s'est vu, disions-nous ; mais mourir quand on est Dieu, quand on peut ne pas mourir, quand on a la toute-puissance pour faire régner ses idées, mourir uniquement afin de susciter l'amour dans les cœurs, voilà ce que les hommes ne font pas, et voilà ce qu'a fait Jésus-Christ ; voilà le grand mystère du Christianisme. Et c'est pourquoi il enfante tant de dévouemens, tant de sacrifices ; et c'est pourquoi, tant qu'il y aura dans le monde un crucifix, l'amour y sera.

« La corruption des cours, la subtilité de la métaphysique, telles furent les armes dont se servit Arius, et en Occident il envahissait l'empire, avec les peuplades barbares qu'il avait séduites, pendant qu'en Orient il achevait de s'en emparer par ce misérable esprit de Constantinople et d'Alexandrie qui lui venait en aide. Donc à cette époque il n'y avait pas encore une seule nation qui servit Dieu et son Église en tant que nation, et ce fut alors que

notre aïeul Clovis reçut le baptême des mains de saint
Remi, et que, chassant devant lui les peuplades ariennes,
il assura en Occident le triomphe de la foi. Et Clovis
c'était la France. Ne sont-ce pas nos pères, n'est-ce pas
nous qui l'avons mis sur le pavois ?

« Quand Arius fut mort, quand ce misérable eut été
battu à plates coutures, Mahomet parut ; Mahomet releva
l'idée d'Arius à la pointe du cimeterre. Il voulut bien reconnaître que Jésus-Christ était un grand prophète ; mais,
comme son prédécesseur, il nia la divinité du Sauveur. Il
lui sembla qu'Arius n'avait pas assez donné à la corruption ; il lui donna davantage, et ce moyen lui paraissant
encore insuffisant, il déchaîna les armes. Bientôt le crois-
sant cernait l'Église ; le Mahométisme attaquait par tous
les points à la fois la chrétienté. Qui arrêta dans les
champs de Poitiers l'invasion musulmane ? Ce fut notre
aïeul Charles Martel. Et plus tard, quand Mahomet, rele-
vant la tête, nous menaçait encore, qui songea à réunir
l'Europe autour de la Croix pour la précipiter sur cet in-
domptable ennemi ? Qui eut le premier l'idée des croi-
sades ? Un pape français, Sylvestre II. Où fut-elle d'abord
inaugurée ? Dans un concile national, à Clermont ; dans
une assemblée nationale, à Vézelay ; et puis nous eûmes
deux siècles de chevalerie et de sang versé sur la Terre-
Sainte, deux siècles que couronne glorieusement saint
Louis, sur cette côte d'Afrique où nous venons de lui
élever tardivement un monument, un autel.

« C'est donc encore la France, c'est Charles Martel,
Louis-le-Jeune, Philippe-Auguste, saint Louis, ce sont
nos pères qui ont surtout défendu l'Eglise contre le
Mahométisme ; si vous en doutez, demandez-le à l'O-

rient ; il s'en souvient, notre nom y est encore vivant.

« Après ces deux grandes expériences, après ces deux immenses défaites, le démon comprit qu'il n'atteindrait jamais son but en s'attaquant directement à Jésus-Christ. Le Sauveur était trop bien assis dans l'amour des peuples pour qu'il fût possible d'ébranler ce piédestal. Car enfin ! Jésus-Christ, comment voulez-vous que nous ne l'aimions pas ? Il est amour, *Deus caritas est ;* ouvrez l'Evangile, y trouvez-vous quelque chose qui ne vous pousse à aimer le Dieu Sauveur. Mais l'Eglise, c'est autre chose ; l'Eglise, ce sont des hommes, et à des hommes on peut attribuer tous les défauts, tous les vices de l'humanité ; et là aussi il y a des déréglemens, des ambitions, des misères, chacun le sait, et à quoi bon cacher ce que chacun sait !

« Le diable résolut donc d'attaquer le Fils de Dieu, non plus directement, mais dans ses représentans ; l'entreprise lui parut plus facile, il s'en promit plus de succès ; et pour cela, il suscita Luther ; et Luther combattit contre l'Eglise, et bientôt deux défections effroyables semblèrent lui donner raison, l'Allemagne et l'Angleterre se détachèrent coup sur coup. Que fit la France ? La France eut dans Calvin son émissaire spécial, et si la France eût écouté cet homme, si la France eût succombé, si la France eût suivi dans l'apostasie l'Allemagne et l'Angleterre, humainement parlant, l'Eglise, abandonnée de ces trois grandes nations, semblait toucher à sa perte ; il n'y avait plus qu'un miracle qui pût la sauver. Mais la France ne succomba pas, la France résista, et cette fois non plus par ses rois, mais par l'élan national, par cette sainte et glorieuse ligue dont on peut dire beaucoup de mal, mais dont on comprendra la grandeur chaque jour davantage ;

quand on sauve la nationalité d'un peuple, quand on lui conserve sa foi, toutes les fautes se perdent dans la gloire.

« Jusqu'ici nous avons vu les services négatifs, pour ainsi parler, que la France a rendus à l'Eglise ; ce qu'elle a fait en combattant, en résistant pour elle. La France a fait encore autre chose ; la France a rendu à l'Eglise des services d'un autre genre. Il fallait que l'Eglise fût indépendante, et pour cela, que son chef ne fût pas livré aux influences, à la domination des rois de la terre. Il lui fallait donc un royaume temporel ; il fallait la tiare, la triple couronne au Souverain-Pontife. La France se chargea de faire la dotation de l'Eglise ; c'est notre aïeul Pépin, notre aïeul Charlemagne qui la lui donnèrent, et ce fut la France qui la lui conserva, qui soutint la papauté contre les empereurs d'Allemagne, qui la soutint toujours envers et contre tous. C'est nous qui avons créé, qui avons maintenu le royaume temporel du Pape ; nous, dis-je, car je ne trouve pas d'autres expressions pour rendre ma pensée ; ne sommes-nous pas les fils de nos pères, ne sommes-nous pas leur sang ; leur gloire n'est-elle pas notre gloire, n'y a-t-il pas entre eux et nous solidarité ; ne vivions-nous pas en eux ; ne revivent-ils pas en nous ; n'ont-ils pas voulu que nous fussions ce qu'ils étaient, une génération de chevaliers pour la défense de l'Eglise ?

« Nous l'avons vu, la France a accepté le contrat proposé par le Fils de Dieu au libre arbitre des nations, à l'héritage qu'il tient de son Père. La France l'a accepté la première et avec plus d'ardeur, de dévouement que tout autre ; elle est *la fille aînée de l'Église ;* elle est *le royaume très chrétien : christianissimum regnum.* Et la France a recueilli les bénéfices de ce contrat, et la France en a rempli les charges. Elle a connu le Fils de

Dieu; elle l'a aimé, elle l'a servi. Elle a combattu pour lui de grands combats, et Dieu a voulu qu'elle fût victorieuse. Nous avons vaincu Arius, nous avons vaincu Mahomet, nous avons vaincu Luther, nous avons vaincu ces autres ennemis de la Papauté qui si long-temps cherchèrent à lui ravir la liberté, l'indépendance, la puissance temporelle que nous lui avons donnée. Ainsi l'Arianisme défait, le Mahométisme défait, le Protestantisme défait, et un trône assuré au Pontificat, voilà les quatre couronnes de la France, et ces couronnes nous les porterons dans le ciel. Le diacre, le prêtre, les apôtres, les docteurs, les vierges, les martyrs, ont dans le ciel leur caractère, leur signe distinctif qui les fait reconnaître, bien que dans le ciel il n'y ait plus de ces distinctions de sexe, de condition, de race, qui séparent les hommes ici-bas, bien que dans le ciel tous soient *comme les anges de Dieu*. Mais rien n'est perdu de ce qui est fait pour le Seigneur, la gloire que nous lui rendons sur la terre, nous la retrouverons là-haut, et il est permis de le croire, de même que le diacre, le prêtre, les apôtres, les docteurs, les vierges, les martyrs, portent dans le ciel leur signe, leur caractère, de même les peuples fidèles, les peuples serviteurs de Dieu, y conserveront la marque de leurs vertus. Ne retrouverons-nous pas dans le ciel nos chevaliers, nos rois, nos prêtres, nos pontifes? ne les reconnaîtrons-nous pas? Ne reconnaîtrons-nous pas nos pères? N'y aura-t-il rien en eux qui rappelle leurs travaux, leurs combats pour le Seigneur et pour son Christ? Oui, je le répète, il est permis de le croire, sur leur robe nuptiale, sur notre robe nuptiale, lavée dans le sang de l'Agneau, brilleront ineffaçables et merveilleusement tissues les quatre couronnes de la France. Glorifiez-vous donc d'être baptisés, et glorifiez-vous d'être baptisés Français.

« Je suis bien long, Messieurs, mais c'est votre faute ; c'est votre histoire que je raconte... Allons ! il faut vous faire boire jusqu'à la lie, ce calice de gloire.

« Comme tous les peuples, la France avait été appelée ; la France, nous l'avons vu, la première entre toutes les nations et au-dessus de toutes les autres, répondit à sa vocation. Mais il ne suffit pas de répondre à sa vocation, il faut persévérer. La France a-t-elle persévéré ? A cette question, Messieurs, j'ai à faire une triste, une cruelle réponse ; je la ferai ; je dirai le mal, comme j'ai dit le bien, je blâmerai comme j'ai loué, toujours sans exagération, mais toujours aussi avec énergie : je ne suis pas un flatteur.

« En suscitant Luther, en inventant le Protestantisme, le diable savait ce qu'il faisait ; il avait bien compris, il avait prévu que des peuples long-temps nourris de la doctrine divine seraient bientôt rassasiés de cette doctrine humaine ; cela entrait dans ses plans : il avait calculé qu'après avoir pris le mensonge pour la vérité, les hommes seraient amenés, par le dégoût du mensonge, au dégoût de la vérité même, et que des abîmes de l'hérésie, ils tomberaient bientôt dans les abîmes de l'incrédulité Et, en effet, cela arriva ainsi ; l'incrédulité sortit de l'hérésie, la fille de la mère. Ce fut en Angleterre que le Protestantisme la mit au jour. Je dis en Angleterre, et j'en demande pardon à cette grande et puissante nation ! loin de moi de vouloir l'insulter ! Lorsque je pense à tout ce qu'il faut de travaux, de vertus, d'héroïsme, pour faire un peuple, pour qu'un peuple conserve sa vie, j'aimerais mieux me couper la langue que de dire du mal d'un peuple. Mais enfin, les fautes d'un peuple, tout l'univers en est témoin, nous ne pouvons pas les cacher ; nous ne cherchons pas à cacher les nôtres, nous les confessons, nous pouvons parler de celles des autres.

« Ce fut donc en Angleterre que l'incrédulité prit naissance, et, chose singulière ! le génie français, le génie le plus perçant, le plus lumineux, l'y alla chercher, au milieu des lourdes et épaisses ténèbres où le philosophisme britannique l'avait enfantée. La France était catholique ; elle marchait à la tête des nations, et elle se mit à la suite de l'Angleterre pour devenir incrédule. Et alors la France offrit au monde le spectacle d'une folie qu'il n'avait pas encore vue. Jusque-là, quand on attaquait la religion, on l'attaquait sérieusement ; le dix-huitième siècle, lui, l'attaqua par le rire ; ils ne doutaient point, ils n'argumentaient point, ils ne se mettaient point en frais de faits, de raisonnemens, ou de preuves : ils riaient ; ils riaient, et ce rire gagnait, s'étendait dans toutes les classes, il était dans les salons de la noblesse, il descendait jusqu'au réduit du pauvre, il montait jusque sur les marches du trône, et il y avait des prêtres qui riaient aussi, et le soir, au coin du feu, dans le sanctuaire du foyer domestique, le père et la mère enseignaient ce rire aux enfans. Ils riaient ! ils riaient du Christ ! mon Dieu !

« Ils oubliaient donc ce que c'est la religion ! Vous voulez l'attaquer ? soit. Mais attaquez-la donc ; qu'elle puisse vous faire voir ce qu'il y a en elle de force et de puissance. Ne riez pas, apportez vos armes, ce combat est sérieux, il y va de la vie et de la mort, de votre avenir éternel, de tout votre être. Et ils combattaient contre elle, comme on combattrait contre une ombre, contre le vent qui bruit, contre la nuée qui passe ; et la France était en proie à ce délire, et c'était ainsi qu'elle apostasiait.

« Alors que fera Dieu? — Ici, Messieurs, je commence à entrer dans les choses contemporaines; il ne s'agit plus de nos pères, il s'agit de nous. Je prie Dieu de me soutenir, de me faire parler toujours chrétiennement, sagement, saintement, exactement. Silence donc! silence et confiance; écoutez-moi.

« La France était coupable; Dieu pouvait la laisser périr en l'abandonnant au torrent de ses erreurs et de ses folies. Dieu eut pitié d'elle, il la châtia, il voulut la relever par une grande et magnifique expiation. Et comme toutes les classes avaient participé au crime, toutes les classes eurent leur part dans le châtiment réparateur. La royauté était avilie, Dieu lui rendit sa majesté, il la releva sur l'échafaud; la noblesse était avilie, Dieu lui rendit sa dignité, il la releva dans l'exil; le clergé était avili, Dieu lui rendit le respect et l'admiration des peuples, il le releva dans les bagnes, au bord des fleuves lointains, sous la hache des bourreaux; la fortune militaire de la France était avilie, Dieu lui rendit la gloire, il la releva sur les champs de bataille, et par un de ces hommes tels que l'humanité n'en avait jusque-là vu que trois. L'incrédulité avait aussi trouvé le moyen d'avilir la papauté aux yeux des peuples, Dieu lui rendit sa divine auréole, il voulut que le successeur d'Alexandre, de César, de Charlemagne, que Napoléon la glorifiât. Un jour, les portes de cette basilique s'ouvrirent, et l'on vit entrer, entouré de ses généraux, suivi de ses soldats, le grand capitaine. Que vient-il faire ici? Il entre, il traverse lentement cette nef, il monte vers le sanctuaire : où va-t-il? il va à l'autel, et, arrivé là, il plie le genoux devant Ce Vieillard, lui demandant de mettre et de consacrer sur sa tête la couronne ramassée de ses mains sur les champs de bataille. Il avait compris, et je l'en remercie, et la postérité l'en remerciera chaque jour davantage, il avait compris que, malgré toutes les apparences, la France était encore catholique, et que quelques années n'avaient pu suffire à détruire en elle l'œuvre de quatorze siècles. Et c'est là, vraiment, la gloire des grands hommes, de ne ne pas s'arrêter à la superficie des choses, mais d'aller au fond en surprendre l'intime réalité. Et c'est là vraiment l'art de gouverner les peuples, de ne pas perdre sa force à caresser ou à neutraliser par de vains palliatifs leurs mauvais penchans, mais de leur révéler leurs secrets instincts, ce qu'il y a de bon et de grand en eux et de leur montrer qu'ils sont meilleurs qu'ils ne le croient, afin de les rendre meilleurs encore.

« Voilà donc ce que Dieu fit pour la France ; il releva tout ce qu'elle avait abattu, il environna de la majesté du malheur et de l'expiation tout ce qu'elle avait avili ; il lui donna un grand homme, et il voulut que ce grand homme vînt un jour incliner sa gloire devant le chef de l'Eglise, et protester ainsi solennellement qu'il reconnaissait la royauté spirituelle, la souveraine royauté du Christ, dans la personne de son vicaire.

« Eh bien ! je dis que lorsque Dieu fait cela pour un peuple, ce peuple est pardonné, qu'il est plus que pardonné, que Dieu l'aime. — Et, toutefois, ce n'était pas assez : la royauté était frappée, la noblesse était frappée, les hautes classes étaient frappées, le peuple était frappé aussi, et purifié et glorifié ; il avait arrosé de son sang tant de champs de bataille ! Mais une classe, entre toutes, semblait oubliée : la bourgeoisie. Qu'a fait Dieu pour elle ?

« Et ici, Messieurs, je le dis, je ne recherche point la popularité. La popularité ! plutôt que de la chercher, je m'arracherais les entrailles ; je n'en veux d'autre que la popularité éternelle de la vérité. Écoutez donc saintement ce que je dis saintement. Ministre de Dieu, je parle sans rien craindre et sans rien attendre ; si je l'oubliais, j'en serais averti par ce froc que je porte.

« La bourgeoisie, c'est nous tous ; c'est une classe immense qui, par un bout, touche au peuple, où elle se recrute incessamment, et qui, par l'autre bout, touche à la noblesse, dont ses membres d'élite vont sans cesse combler les vides ; car ce qui est distingué va toujours où est la distinction. Cette classe, comment Dieu l'a-t-il traitée ? Il lui a dit : Tu veux régner ; règne ! Tu apprendras ce qu'il en coûte de gouverner les hommes, et tu verras s'il est possible de les gouverner sans le Christ. Et le pouvoir a été donné à la bourgeoisie, et nous pouvons lui dire aujourd'hui, à la face du monde, ce qu'on ne disait autrefois aux rois que dans les profondeurs de Saint-Denis : *Et nunc reges intelligite; erudimini qui judicatis terram.* Maintenant, rois, ayez l'intelligence ; soyez instruits, vous qui jugez la terre. La bourgeoisie a voulu régner, elle règne, et, je puis le prédire, car je le sais, je le vois, elle profitera de la leçon ; elle comprendra, elle sera instruite, et il lui faudra reconnaître que c'est un fardeau trop lourd que le pouvoir, pour que l'homme ou les hommes, quels qu'ils soient, puissent le porter seuls ; qu'ils ont besoin pour cela de l'aide de Dieu, parce que ce fardeau est vraiment quelque chose de divin, parc qu'il est vraiment imposé d'en haut. Oui, la bourgeoisie comprendra ces choses ; je l'ajourne à cinquante ans, et Dieu abrégera le terme.

« Voilà donc, encore une fois, ce que Dieu a fait pour la France, et, je ne saurais trop le redire, quand Dieu fait cela pour un peuple, c'est que sa justice ne l'a pas condamné, c'est que sa miséricorde a fait grâce. Et voyez : la Papauté et la France se réconcilient, se rapprochent, et cette union deviendra de jour en jour plus ferme, plus réelle, plus intime. Quoi que la France ait dit, ait fait, Rome ne prononce son nom qu'avec amour, qu'avec reconnaissance ; Rome aime la France ; sa sollicitude veille sans cesse sur elle ; elle la tient dans ses bras comme une mère son enfant : la France est toujours pour Rome sa fille, sa fille aînée.

« Dieu comble donc la France de ses grâces. — Mais ce n'est pas tout de recevoir la grâce, il faut y correspondre. — La France correspond-elle aux grâces que Dieu lui fait? Messieurs, je dis qu'elle y correspond, et cela vous étonne peut-être ; c'est que vous ne vous connaissez pas, vous vous calomniez. Eh bien! c'est à moi de vous dire ce que vous êtes, ce que vous faites, ce que la France fait aujourd'hui pour l'Eglise de Dieu! Oh! si je puis parvenir à vous ouvrir les yeux, à vous le montrer, à vous en donner l'intelligence, je vous tiens conquis !

« Le temps est mauvais, dit-on, et cela est vrai, il y y a beaucoup de mal ; mais n'y a-t-il plus de bien ; la vérité est-elle devenue stérile, l'erreur en ce siècle est-elle féconde? Et, grand Dieu! n'est-ce rien que tout ce qui s'accomplit de nos jours? Je ne parle pas des églises relevées, de mille autres symptômes, je ne veux m'arrêter qu'aux choses vraiment extraordinaires. N'est-ce rien par exemple que le sang de nos missionnaires répandu dans toutes les parties du monde? Allez à Rome, demandez à la Propagande les noms et le nombre des missionnaires français ; elle vous répondra qu'il y en a à la Chine, qu'il y en a au Tonking, qu'il y en a dans l'Océanie, qu'il y en a dans les îles de la mer Pacifique, qu'il y en a en Afrique, qu'il y en a sur toutes les Echelles du Levant, qu'il y en a partout ; oui, notre sang, le sang français est partout au service de l'Eglise.

« N'est-ce rien encore que les millions de l'*Association pour la Propagation de la Foi*, que ce trésor de l'Apostolat ramassé sou à sou de la poche du pauvre et répandu dans tous les lieux où se trouvent des âmes à conquérir, à racheter? Notre or, l'or français est partout au service de l'Eglise.

« N'est-ce rien non plus que cette *Archiconfrérie du cœur immaculé de Marie pour la conversion des pécheurs*, qui, en quatre ou cinq ans, a rassemblé un million d'associés de tout âge, de tout sexe, de toute condition, de toute nation, et qui a été fondée ici, à Paris, par un vénérable curé de cette capitale ? On vous dit toujours que Paris est mauvais, que c'est une Babylone ; on ne parle jamais que du mal qui s'y fait ; le bien, pour Paris, est comme non avenu ; mais, Messieurs, cela n'est pas juste, ne pas dire le bien quand on dit le mal, c'est calomnier ; il n'y a pas de saint qu'on ne pût perdre aux yeux des hommes, si, après avoir réuni tous ses défauts, on refusait de mettre dans l'autre plateau de la balance ses vertus et ses perfections. Mettons-y donc pour Paris cette admirable association qu'il a créée et grâce à laquelle notre prière, la prière de la France est partout au service de l'Eglise. Elle s'élève vers Dieu de tous les points du globe, au moment où je parle.

« Où s'est réfugiée, dites-moi, la pénitence chrétienne ? Vous savez tous ce que c'est que la Trappe ; vous comprenez tout ce que ce nom signifie. Eh bien ! les trappistes, après avoir erré de l'Autriche à la Prusse, de la Prusse à la Russie, ont trouvé chez nous un asile ; et savez-vous combien il y a maintenant en France de couvens de trappistes ? il y en a seize : il y en avait un en 89. Réfléchissez-y, Messieurs, ce seul fait dit beaucoup ; la pénitence est une vertu plus puissante que vous ne pensez et qui attire sur un peuple bien des bénédictions.

« Écoutez encore : N'avez-vous pas rencontré dans nos rues, revêtus de leur saint, de leur magnifique habit, les Frères des écoles chrétiennes? Cet habit est bien étrange aux yeux du monde, on le respecte pourtant. C'est qu'on a compris tout ce qu'il y a de dévouement et d'esprit de sacrifice dans le cœur de ces hommes admirables qui se consacrent ainsi à l'instruction, à l'éducation, au service du peuple pour l'amour de Jésus-Christ. Et ces hommes, c'est nous qui les avons faits, et chaque jour ils se multiplient, et seule notre patrie les enfante, et elle les envoie jusqu'aux marches du Vatican, élever le peuple romain.

« Pour en finir, Messieurs, que je vous dise un mot de la jeunesse chrétienne de Paris, et de l'association qui est l'occasion de cette assemblée. Ces jeunes gens se sont réunis sous la protection de saint Vincent-de-Paul, ils se sont réunis pour prier ensemble, pour secourir en commun le malade et le pauvre, pour lui porter le pain et le bois dont il a besoin. Ces jeunes gens, vous le voyez, ont mis leur chasteté sous la garde de leur charité, la plus douce, sous la garde de la plus forte des vertus. Et cette association s'est formée, elle existe, à Paris ; elle existe aussi dans vingt-deux des principales villes de

France, et le nombre de ces jeunes gens, associés pour prier, pour faire le bien, s'accroît chaque jour ; aujourd'hui ils sont deux mille.

« Voilà, en partie, ce que la France fait pour correspondre à la grâce de Dieu. Je le demande de nouveau, n'est-ce rien ? Je dis, moi, qu'un peuple qui fait cela n'est pas un peuple perdu, et qu'on peut encore attendre pour lui de beaux jours de la divine miséricorde ; mais il faut que ce peuple persévère : *qui perseveraverit usque in finem, hic salvus erit.* Il persévérera : « L'es-« prit religieux n'est pas du tout éteint en France, il y « soulèvera des montagnes, il y fera des miracles. » Certes, après tout ce que nous venons de rappeler, il nous est, permis de répéter ces paroles, il y a long-temps, Messieurs, qu'elles ont été dites, M. de Maistre les écrivait en 1795.

« Mais nous ne sommes encore qu'à la première heure du jour qu'il annonçait ; il faut que le mouvement commencé s'étende, se propage ; il faut que vous tous, qui m'entendez, le secondiez, chacun selon sa force. Que ceux qui travaillent déjà continuent ; que ceux qui n'ont encore rien fait mettent la main à l'œuvre. Et commencez dès à présent : en sortant d'ici, associez-vous par votre aumône à ces jeunes gens dont je parlais tout-à-l'heure. Toute bonne action a une vertu ; elle va de l'Occident à l'Orient ; elle monte vers le ciel, d'où elle retombe comme une rosée sur le monde. Nous sommes tous solidaires : ce qui sert à l'un sert à l'autre, sert à tous. Faites donc, je vous le demande, faites quelque chose pour vos frères ; vous le ferez pour vous, pour votre famille, pour vos amis ; vous le ferez pour la France.

« Monseigneur,

« La couronne de saint Denis est venue se poser sur votre tête ; vous l'avez reçue en un moment à jamais mémorable, au moment où plus que jamais s'opère la réconciliation entre l'Église et la France ; j'en ai pour garant cette foule qui se presse autour de votre siége. C'est un glorieux fardeau ! — Permettez-le, Monseigneur, — je prie Dieu de toute la ferveur de mon âme, et, si je puis le dire, avec toute la chaleur d'une vieille amitié, je prie Dieu que vous le portiez long-temps, *ad multos annos*. Je ne peux pas oublier qu'à une autre époque je fus soutenu dans cette chaire par vos conseils, par votre amitié. L'occasion solennelle de vous en remercier m'avait manqué ; je le fais avec joie maintenant. Je me félicite de me retrouver sous les mêmes auspices au jour où je viens inaugurer ici l'ordre et l'habit des Frères Prêcheurs français, devant vous et devant mon pays. Ce jour est le plus beau de ma vie ; vous y ajouterez un bonheur de plus, Monseigneur, en donnant à cette assemblée votre sainte et pastorale bénédiction. »

En terminant ici cette analyse, nous ne pouvons nous empêcher de demander encore une fois pardon au lecteur, de lui donner, avec tant d'alliage, l'or que le fils de Saint Dominique nous jetait si pur ; mais nous avons cru qu'on aimerait encore mieux le recueillir ainsi que de n'en rien avoir.

(Extrait de l'Univers des 16 et 17 février 1841.)

IMPRIMERIE ET FONDERIE DE E. J. BAILLY, PLACE SORBONNE, 2.

Imprimerie et Fonderie de E.-J. BAILLY, place Sorbonne, 2.

www.ingramcontent.com/pod-product-compliance
Lightning Source LLC
LaVergne TN
LVHW020459060726
842525LV00005B/1800